Andermans huis

Silvio d'Arzo

Andermans huis

Vertaald uit het Italiaans
door Mieke Geuzebroek
en Pietha de Voogd

Van Gennep Amsterdam

De vertalers ontvingen voor deze vertaling een werkbeurs
van de Stichting Fonds voor de Letteren

Eerste druk februari 2008
Tweede druk juni 2008
Derde druk juni 2008
Vierde druk november 2008
Vijfde druk december 2009

Oorspronkelijke titel en uitgave *Casa d'altri*, Vallecchi, 1952
Voor deze vertaling werd gebruik gemaakt van de editie
van Monte Università di Parma, 2006.
© 2006 Monte Università Parma Editore, Parma
© 2007 Nederlandse vertaling Mieke Geuzebroek,
Pietha de Voogd en Uitgeverij Van Gennep
Nieuwezijds Voorburgwal 330, 1012 RW Amsterdam
Ontwerp omslag Nico Richter
Verzorging binnenwerk Hannie Pijnappels
Drukwerk Hooiberg|Haasbeek, Meppel
ISBN 978 90 5515 7853
NUR 302

'Dus met de trein kun je er niet komen, daarboven...'
'Nee. En met de bus ook niet.'
'...'
'Met een muilezel doe je er drie uur over. Maar 's winters niet, natuurlijk. En ook niet als de sneeuw smelt. Dan haal je het nog niet eens in vijf.'
'Maar uh... het zal toch wel een naam hebben?'
'Ja, ik geloof van wel. Dat is waarschijnlijk het enige.'

I

—•—

Plotseling klonk er vanaf het pad door de weilanden, maar nog van heel ver, het blaffen van een hond.

We keken allemaal op.

En toen van twee of drie honden. En toen het geluid van de bronzen belletjes.

Gebogen rond de zak met bladeren, bij het licht van een kaars, zaten twee of drie vrouwen van het huis, ikzelf en iets erachter een paar oude mensjes uit het dorp. Ooit bij een anatomieles geweest? Nou, dat gold eigenlijk ook voor ons. Alles wat er binnen de rossige kring van de kaarsstomp te zien was, waren onze zes gezichten, vlak naast elkaar alsof we voor een kerststal zaten, en die zak met bladeren in het midden, en een stuk muur dat zwart was van de rook en een balk die nog zwarter was. Verder was alles donker.

'Hoorden jullie dat?' vroeg ik aan de vrouwen en kwam meteen overeind.

De oudste pakte de kaarsstomp, liep langzaam naar het raam en opende het. Een minuut lang zaten we allemaal in het donker.

De lucht rondom was paars, en paars waren de paden en het gras van de weiden en de berggeulen en kammen. En in dat duister zagen we, ver weg, vier of vijf lantaarns naar het dorp afdalen.

'Dat zijn de mannen die van de bergweiden komen,' mompelde ze terwijl ze naar ons terugliep, 'over tien minuten zijn ze hier.'

Dat was waar en dus haalde ik opgelucht adem. Woorden benauwen me, dat is 't, en afscheid nemen is nooit iets voor mij geweest. Vooral zo'n afscheid niet. Zonder boe of bah te zeggen liep ik naar de deur.

'Dus, meneer pastoor,' zei een van de vrouwen, die me achterna kwam, 'wij wassen en scheren hem en zij kleden hem vannacht aan.'

'Morgen stuur ik Melide om hem in het laken te naaien,' zei ik. 'En de klaagvrouwen?'

'Ze wilden driehonderdvijftig, plus eten en een overnachting. Dus we doen het wel zonder ze. Bovendien komt onze familie uit Braino ook hiernaartoe.'

'Ja, misschien is het de moeite niet,' zei ik, 'er zijn vast genoeg mensen morgen. Hij speelde toch ook mee bij de meifeesten, als ik het goed heb?'

'Ja, als Jacob. En een keer als koning Karel van Frankrijk. Bovendien, na vijftig jaar schapenhoeden in de bergen bij Bobbio kent iedereen ons natuurlijk.'

Naast de zak met bladeren zat de weduwe. Ze huilen niet zo gauw hierboven, en ook zij zat roerloos voor zich uit te staren, net als de oude vrouw bij de dom in de stad die op een aalmoes zit te wachten. Ze hadden de kleinkinderen naar de stal gebracht.

'Welterusten,' zei ik zacht, 'morgenochtend om zeven uur ben ik hier.'

Ze knikte. Twee of drie vrouwen liepen met me mee naar beneden.

Honden en bronzen belletjes waren nu nog duidelijker te horen, met zo nu en dan hoefgetrappel erdoorheen. Achter een raam hoestte een kind en in de stallen hoorde je muilezels schoppen en ijzeren bitten knarsen. Het begon koud te worden. Ik stak het met keien bestrate pleintje over en liep twee straten door die niet meer dan een armlengte breed waren: zo nauw, kan ik u vertellen, dat een Falstaff als ik met zijn ellebogen langs de muren schuurde.

Bij de vijver draaide ik me om en keek naar beneden. Zeven huizen. Zeven huizen op een kluitje en verder niets. Plus twee keienstraten, een erf dat ze plein noemen, een vijver en een kanaal, en bergen zover het oog reikt.

De drie vrouwen stonden er nog steeds, op de stoep voor het huis onder het verlichte open raam.

'Dat is nou heel Montelice,' zei ik. 'Dat is alles, en niemand kent het.'

En ik liep het bergweggetje op.

11

Ik haalde nauwelijks zichtbaar mijn schouders op.

Ik wil niet zeggen dat het een domme vraag was, wat ik op dat moment eigenlijk wel vond: nee, het was meer dat elk willekeurig antwoord dom zou zijn geweest.

De jongen keek me aan en wachtte. Ja, hij zal een jaar of twintig zijn geweest. Misschien niet eens: achttien. Hoe dan ook, hij zag eruit als achttien, en als je niet op zijn zwarte soutane lette, zou je onmogelijk iets níéuwers kunnen tegenkomen dan hem.

'Wat ze hier doen in Montelice?' zei ik. 'Nou... ze leven, dat is 't.... ze leven en daarmee uit, volgens mij.'

Mijn vriend was hier vast niet mee in zijn schik. Hij had me overvallen terwijl ik daar op mijn stoel zat, zonder schoenen aan zelfs, het lijf en het gezicht van een Falstaff en nog een beetje slaperig op de koop toe. En dan ook nog zo'n antwoord.

Gelukkig was hij nog tamelijk wellevend, in zekere zin zelfs gedistingeerd: splinternieuw, zei ik al, net onder de muntstempel vandaan.

'Aha, ik begrijp 't,' zei hij prompt, alsof het eigenlijk om een vertrouwelijke en ondubbelzinnige mededeling ging. 'Ik begrijp u helemaal. Ze leven.'

Hij was de nieuwe kapelaan van Braino. Nauwelijks gearriveerd had hij de moeite genomen om naar mij toe te komen en mijn raad te vragen. En natuurlijk om kennis met me te maken. Hij had me meteen het hemd van 't lijf gevraagd, over dansen, communisten, zedelijk gedrag en nog veel meer, om kort te gaan, hij leek geen aanstalten te maken om weer snel te vertrekken. Maar steeds even voorkomend, losjes, tussen neus en lippen door. Ik vond het wel vermakelijk om naar hem te luisteren. Hoewel, het was ook triest. Een beetje triest. Kijk maar eens naar het pak van dat mannetje daarginds, een klerk of misschien wel een weduwnaar, en het eerste wat je denkt is dat dat ook ooit nieuw is geweest. En het mannetje ook.

'En daarna gaan ze dood,' zei ik toen.

Met mijn ruim zestig jaar en die uitgeschopte schoenen op de grond liep ik niet het geringste risico voor cynisch te worden versleten.

'Ja, hier gebeurt niks niemendal. En in Braino ook niet, zult u merken. En in dit hele gebied, tot bijna aan het dal toe niet. De mannen hoeden nu het vee en komen niet voor het donker terug. Er zijn er een paar naar de veengronden, en de vrouwen sprokkelen her en der brandhout. Als u even de straat inkijkt, ziet u hooguit een oud vrouwtje dat het vuur in haar kookstel aanblaast. Als u geluk heeft tenminste... Of een geit. Misschien alleen een geit.

(Die zijn in zekere zin de baas in het dorp: ze staan zelfs in de deuropening naar de voorbijgangers te kijken, als die er zijn.) En over twee weken zult u die ook niet meer zien. Bij ons valt de winter vroeg in en duurt bijna een halfjaar.'

Het leek of hij me niet helemaal geloofde, hij keek zelfs een beetje meewarig.

'Ik bedoelde de mensen... de mannen,' verduidelijkte hij beleefd.

'O, de mensen. Dat is net zoiets. De huisarts is ook zo'n verhaal. Zo'n jongen komt fris en vrolijk aanzetten, net met lof afgestudeerd, en denkt wonder wat te kunnen doen: hij vindt het ook wel prettig om een beetje een martelaar te zijn. Sommige mensen vinden het martelaarschap – kortstondig natuurlijk – helemaal niet erg. In het begin trekt hij op zijn muilezel door de bergen, gaat alle stallen in, en weer verder. Behalve dat heeft hij zich, om op de hoogte te blijven, ook nog op drie, vier tijdschriften geabonneerd.'

Ik dronk mijn glaasje grappa leeg. Hij nipte ook aan het zijne, maar ternauwernood, zoals een jong eekhoorntje zou doen.

'En vervolgens komt hij erachter dat er hier alleen maar artritisgevallen zijn: ischias en artritis en verder niets... Dus het enige wat hij dan nog doet is jodium voorschrijven, en dik worden.'

Hij keek me alleen maar aan.

'Ja, net als ik. Precies zo.'

'O jee,' hij glimlachte naar me. 'Dat bedoelde ik niet.'

'Nou, ik begrijp u best,' zei ik, een tikje te vaderlijk ben ik bang. Maar de jongen was niet het type om zich zo uit de brand te laten helpen.

Hij stond glimlachend op.

'Zeker, ik zal mijn best moeten doen,' besloot hij terwijl hij me beleefd negeerde. 'Ik zal een nieuwe aanpak moeten bedenken. Elk tijd heeft zijn eigen aanpak nodig, vindt u niet?'

Hij had gelijk, toegegeven, en ik had rustig ja kunnen zeggen. Maar zijn gelijk was nu eenmaal iets te groot, en dat is voor mij net zoiets als ongelijk hebben of erger. En er was nog veel meer. Ik sloeg nu een heel andere toon aan.

'Eén ding,' zei ik. 'Bent u ooit een maand in een bergdorp geweest, laten we zeggen zoiets als dit, waar het de hele tijd regende?'

Hij keek me een beetje verwonderd aan. Maar ook weer niet al te verwonderd, eerder een beetje geamuseerd, leek het.

'En misschien wel twee maanden sneeuwde? Maar écht sneeuwen, bedoel ik. Niet zoals in de stad of in het dal.'

Hij wachtte af waar ik heen wilde.

'Ik namelijk wel. En dat meer dan dertig jaar. Meer dan dertig kerstmissen, bedoel ik maar.'

Die man had iets. Hij kreeg het voor elkaar om me zo respectvol en tegelijk argwanend als maar kan aan te kijken. Ik moest in zijn ogen een merkwaardig exemplaar van de plaatselijke fauna zijn, en welbeschouwd niet eens zo onsympathiek: de laatste van Garibaldi's soldaten, of de oude, dove dienstbode die honderd jaar bij dezelfde familie in de stad heeft gediend.

'En, wat gebeurt er?' vroeg hij me enkel en alleen uit beleefdheid.

'Niets, zei ik al. Er gebeurt niets niemendal,' gooide ik er nog een schepje bovenop. 'Behalve dat het sneeuwt en regent. Het sneeuwt en regent en verder niets.'

Eindelijk vond ik ook de moed om mijn schoenen weer aan te trekken. Mijn vriend was zo fijngevoelig om zich om te draaien en naar zijn hoed te kijken.

'En de mensen,' besloot ik, 'zitten beneden in de stallen naar de regen en de sneeuw te kijken. Net als de voorovergebogen staan wassen, kleren of oude lappen of darmen of zoiets. Ze was iets ouder dan ik, moet u weten, een jaar of zestig.

Te midden van al die stilte en die kou en dat loodgrijs en die enigszins tragische onbewogenheid was zij het enige wat leefde.

Ze boog voorover, met moeite leek het, dompelde het wasgoed in het water, wrong het uit en sloeg het op een steen; en weer dompelde ze het onder, wrong het uit en sloeg het, en zo maar door. Niet traag en niet haastig, en zonder ook maar eenmaal op te kijken.

Ik bleef boven aan de rand naar haar staan kijken. Er gleed een steen naar beneden in het water, maar de oude vrouw merkte het niet eens. Ze onderbrak haar bezigheden maar één keer. Ze zette een hand in haar zij, keek naar haar kruiwagen aan de rand van het kanaal en naar de geit die in het gras rondscharrelde en ging weer verder.

'Tja,' zei ik toen bij mezelf, 'als de wereld een beetje zijn best doet, kan hij behoorlijk triest zijn. Hij is er zelfs heel goed in. Een mens zou het nooit of te nimmer lukken. Maar waar het op aankomt is om het niet op te merken. Soms zijn ogen immers ook bedoeld om dicht te doen, niet waar?'

Een rotsmoesje, ik weet het. Maar het was laat. Het was echt laat: er waren her en der al een paar sterren te zien. Ik vervolgde mijn pad.

maar: 'Nou, het zal geen lolletje zijn voor dat *wijfie*.'
Dat heb ik met anderen nooit gedaan. En dat was ook al een teken aan de wand.

Maar niks hoor. Ook de herfst ging voorbij. De heggen waren nu alleen nog een wirwar van stekels, de mannen waren al bijna klaar met de vallen die ze in de bossen boven in de bergen moesten zetten; en de oude vrouw kwam niet uit haar hol.

Ik deed wat ik nog nooit had gedaan. Ik besloot om inlichtingen over haar in te winnen. Ik gaf twee konijnenvellen aan een jongen die min of meer als mijn misdienaar fungeerde en stuurde hem van het bos naar de berggeulen. De jongen zwierf twee dagen van hot naar her, want het was echt een goeie jongen, vindingrijk en gewiekst en voor hier bijna ontwikkeld. Hij liep helemaal naar de veengronden en naar de berggeulen en naar de weidegronden; en wat hij vond was niet veel. Ik gaf hem een derde vel en nu ging hij helemaal tot de rand van Bobbio; en wat er te weten viel kwam ik te weten.

Ze woonde alleen, voorbij het wilgenpad, precies op de grens van de parochie, en daarna zijn er alleen nog veenkloven en nog erger, als dat al kan. Ze was er nog maar net komen wonen, zonder iemand iets te vertellen, en daarvoor woonde ze in de buurt van Bobbio, dat de Duitsers vier jaar eerder tot op de rotsbodem hadden platgebrand. Ze heette Zelinda Icci, dochter van wijlen Primo; op acht augustus was ze drieënzestig jaar geworden, en nu waste ze van de vroege ochtend tot de late avond kleren en darmen beneden bij het kanaal voor iemand of iets uit een dorp in het dal, waar al wat industrie was.

Elke avond bij het invallen van het duister liep ze met haar wasgoed en haar kruiwagen en haar geit (die ze, schijnt het, bij een parochieloterij gewonnen had) over het bergweggetje naar boven; als ze langs een heg kwam, bukte ze zich bij elke stap om dorre takken op te rapen of ook wel papier; en bij het Jezuskapelletje sloeg ze een kruis en boog haar hoofd. Nooit bij één processie, nooit bij de vespers, nooit in de kerk.

Dat was wat ik te weten kwam.

'Heel goed,' zei ik vrolijk, 'dan hebben we nu ook een Driekoningenvrouwtje in Montelice. En bij een van de volgende meifeesten zullen we voor haar ook wel een rol vinden.'

De jongen begon meteen te lachen. Maar mij stond het helemaal niet aan.

'Ga nu maar. En hartelijk bedankt,' zei ik.

'En ik ben ook nog te weten gekomen...' begon hij, zonder zijn gezicht in de plooi te kunnen houden.

'En nu wegwezen. Hup. Uit mijn ogen,' viel ik hem in de rede en klapte in mijn handen.

Hij merkte ook dat er iets veranderd moest zijn en

dat de wind uit een andere hoek was gaan waaien, want hij glipte zonder dralen de deur uit. Maar het was een wakkere jongen, dat zei ik al, dus hij keek me eerst nog even aan met een blik die onnozel was en ook weer niet, niemand had er iets uit op kunnen maken. En dat stond me nog minder aan.

Op de avond van de negende was ik met de jongens een toneelstuk aan het instuderen. De deur ging open en Melide kwam binnen met drie of vier geitenkazen. Ze kwam net terug van een oude man die ze in het laken had genaaid. Het slechte jaargetijde brak weer aan voor de oudjes. Als hun doodsstrijd begon, lieten ze haar meteen roepen. Ze waakte een, twee, drie nachten, waste ze en naaide ze in het laken, en elke keer als ze terugkwam had ze iets bij zich.

'Er is een oude vrouw voor u. Ze wacht in de studeerkamer.'

'Dat zal die vrouw met de geit en het sprokkelhout wel zijn,' zei de jongen met een blik van verstandhouding.

Melide keek hem en mij argwanend aan. En toen ze zag dat ik meteen opstond en de jongens naar huis stuurde en me om niets anders meer bekommerde, keek ze nog argwanender, en dus ging ze nu niet meer weg. Op haar manier gedroeg ze zich bijna bezitterig tegenover mij: zoals bedienden en kinderen dat doen, bedoel ik.

'Ik weet 't,' zei ik, 'ik weet 't.' (Maar dat was onzin).
'Ik heb haar zelf gezegd dat ze langs moest komen.'

De jongen keek naar me op. Hij begreep er niets meer van.

'O, maar dan heeft u met haar gepraat, dus...'

Ik tilde hem, hop, een halve meter van de grond en droeg hem bijna tot de deur. Alle anderen begonnen te lachen. Melide zei geen woord.

'En nu bedankt, slaap lekker en droom zacht,' riep ik gemaakt vrolijk, 'gedraag je netjes tot morgenochtend. Vanavond kan ik jullie echt niet meer gebruiken, jongelui.'

Dus gingen ze allemaal weg en bleef ik alleen achter in de pastorie.

De gang was duisterder dan de nacht en bij het zien van het streepje licht dat door de kier van de deur viel, voelde ik me als iemand die schulden heeft: de schuldeiser staat op je te wachten en jij weet intussen niet wat je moet doen, want je hebt het geld allang uitgegeven en alles wat je nog hebt, is een paar koperen muntjes en die passen in één hand.

Dit was me al eeuwen niet meer gebeurd, en dat zette me aan het denken.

Ik hoorde de jongens elkaar op straat gedag zeggen. Er rolde een steen over het plein. Een deur ging dicht, en nog een. De jongen die op de veengronden woonde, vervolgde fluitend zijn weg.

'Daar is mijn oudje dan,' dacht ik.
Na enkele ogenblikken opende ik de deur. Daar was ze.

V

Het was voor het eerst dat ik haar van dichtbij kon zien, en ik gaf mijn ogen eens goed de kost.

 Ze had een donkere, gegroefde huid, peper- en zoutkleurig haar en harde, geprononceerde aderen zoals een man ze niet eens heeft. En als een boom kan helpen om een idee te geven van een mens, nou, dan is dat voor haar een oude olijfboom bij een sloot. Voeg daar twee koperen oorbellen aan toe en een zwart schort om haar middel en aan haar voeten iets wat eruitzag als de twee eigenaardigste klompen ter wereld. Voeg daar ook nog een blik als van een wild dier aan toe of van een verwend kind, of beter nog van beide tegelijk. En dat is ze dan, in een notendop. Zoals ze daar stond, leek het alsof vermoeidheid en verveling geen vat meer op haar hadden: ze leefde gewoon door, en klaar, dat was 't.

Ik wees haar een stoel. Maar ze glimlachte als een schuw dier, boog haar hoofd een beetje en liep naar het bureau.

'Uh,' begon ze wat weifelend, 'eigenlijk kent u me niet eens...'

'Nou ja,' viel ik haar glimlachend in de rede, 'we hebben de wind al een poosje niet mee, dat klopt. Maar zo erg is het nou ook weer niet, lijkt me.'

En ik zei het op een toon waaruit je kon opmaken dat ik alles wat de ene mens van de andere te weten kan komen, naam, straat, beroep en zo meer, al een tijd geleden te weten was gekomen. De rest verwachtte ik van haarzelf.

'Ik bedoelde,' zei ze met een steelse blik, 'dat ik me hier tot vandaag nog nooit heb vertoond...'

Alles bij elkaar een fraai type, zo'n zachtmoedige stijfkop, weet u wel, en voor een priester allesbehalve makkelijk. Ik bedacht dat het in dit geval beslist geen kwaad kon om een ietwat autoritaire toon aan te slaan.

'Tja, de winter staat voor de deur en er moet een heleboel gedaan worden; voor u is het nog erger, neem ik aan... Wie zegt dat u naar de pastorie moet komen? Het belangrijkste is dat u me weet te vinden. Daar kunt u altijd wat aan hebben, bedoel ik maar.'

'Ik weet u wel te vinden, hoor,' zei ze na een poosje

glimlachend, alsof we door dezelfde woorden te gebruiken uit hetzelfde glas hadden gedronken. Nu al werd het haar te vertrouwelijk.

'Mooi zo. Heel mooi. Ik hoop dat u er echt een keer iets aan heeft.'

Ook nu kon ze zich er niet toe zetten om te praten. Een kind, zeg ik u, niet meer en niet minder. En dus besloot ik dat er, om haar aan de praat te krijgen, niets anders opzat dan te doen alsof ze er niet was. Daar, op het bureau, lag een almanak van vijf, zes jaar geleden; ik pakte hem en begon erin te bladeren, en keek erbij alsof ik iets heel gewichtigs deed.

'Kijk toch eens aan,' zei ik bij mezelf, 'het oudje heeft nog steeds niet gepraat, en het zou goed kunnen dat ze zich eindeloos laat bidden en smeken en nog een jaar nee blijft zeggen. En hoe langer ze wacht met praten, des te duidelijker het is dat het om iets belangrijks gaat. Dat het des te duidelijker is dat het om iets belangrijks gaat, dat weet ik; zo veel begrijp ik nog wel. Maar ik ben doodsbenauwd dat ik in een geval als dit niets meer te bieden heb. Van dit soort dingen heb ik geen kaas gegeten... Dorpsfeesten, heilige oliesels, een simpele huwelijksvoltrekking, dat was onderhand alles wat ik nog deed.'

En ik dacht terug aan toen ik twintig was, toen ik van alles en nog wat las en ik over één zin van de kerkvaders een uur of twee of zelfs nog langer kon oreren, en ze me op het seminarie nota bene *Doctor Ironicus* noemden. En intussen voelde ik me als die vriend die met zijn koopwaar bij een herberg aan de hoofdweg stopt en er daar achterkomt dat hij in het verkeerde dorp zit en terug moet; maar het is al laat, de avond valt, en de mensen komen terug van de velden en de stamgasten onder de pergola beginnen vrolijk aan de wijn.

'Ik ben gekomen om iets te vragen,' vatte ze moed.

Zelfs toen wilde ik niet opkijken. Maar de vrouw zei verder niets. Ze aarzelde nog steeds: het hoge woord kwam er niet uit. Ik op mijn beurt begon weer in de almanak te bladeren en bekeek vissen en rammen en alle raadgevingen over de oogst en de zaaiperiode. 'Laat 'r maar een jaartje wachten, als ze dat zo graag wil. Een pastoor die haast heeft,' dacht ik, 'is niet meer waard dan zijn ouwe kloffie.'

'Ziet u,' kwam er eindelijk uit, 'ik wilde u alleen vragen...'

Ik keek in de almanak en zweeg. Zij zweeg ook weer even. Van het bergpad kwam het geblaf van een hond. En toen van twee of drie honden. En toen het geluid van de bronzen belletjes. De eerste kuddes kwamen terug van de weiden.

'Is het waar of niet dat u... ja, dat de kerk... toestaat dat twee mensen die getrouwd zijn ook weer uit elkaar kunnen gaan, en dat je dan vrij bent om te trouwen met wie je wilt?'

VI

Een mens kan wel kwaad worden om minder, om heel wat minder, dat weet ik. Ook een arme priester.

Ik legde de almanak opzij en keek haar recht in de ogen. Mijn gezicht stond haar waarschijnlijk niet erg aan, want haar blik gleed meteen naar haar schoenen, ze begon haar schort recht te trekken en glad te strijken en deed zelfs nog mallere dingen. Intussen trok ze zich als het ware in zichzelf terug, zoals een egel doet zodra hij wordt aangeraakt. Dagenlang had ik aan niets anders gedacht dan aan haar, ik was elke avond naar het kanaal gegaan en ik had me er van alles bij voorgesteld, en moest je nu eens zien: alles wat ik ermee bereikt had was een verhaal waar de boertjes zich een hele winter suf om konden lachen.

'Nou, ik denk dat u er een beetje laat mee komt,' probeerde ik nog ironisch.

'Dat is het niet,' zei ze vriendelijk, 'ik wilde alleen weten of de Kerk het toestaat. Daarom ben ik naar u toegekomen. Bijvoorbeeld...'

'Dat meent u toch niet? De Kerk staat het absoluut niet toe,' onderbrak ik haar zelfs een beetje gepikeerd. 'En om de waarheid te zeggen, daar doet ze heel goed aan.'

'Ik weet 't, ik weet 't, ik weet 't best, dat zegt de Kerk altijd. Alle priesters zeggen 't. Ook die in Bobbio.'

'Natuurlijk. Hoe kan 't anders? Natuurlijk. Ook in China en ook in Afrika zeggen ze 't, en overal waar maar anderhalve priester te vinden is.'

'Natuurlijk, het is goed dat ze dat zeggen, allicht. Jullie moeten wel. Het is gewoon jullie plicht. Ik begrijp jullie heel goed.'

Maar het mooiste was dat de oude vrouw nu een soort hooghartige, samenzweerderige toon aansloeg. Ik was bijna in lachen uitgebarsten.

'Moeten? Wat moeten we? Het is gewoon zo, zo en niet anders. De Kerk wil het, begrijpt u? En ze hebben alle gelijk van de wereld, en dat al minstens duizend jaar. Daar kan zelfs een bisschop geen snars aan veranderen. Laat staan een priester.'

Ze keek me aan zoals je een kind aankijkt.

'Dat weet ik,' zei ze weer vriendelijk. 'Ik weet dit

soort dingen natuurlijk. Bovendien ben ik vroeger Dochter van Maria geweest... Daar gaat het niet om. Ik bedoel dat ik gehoord heb dat er wel eens bijzondere gevallen zijn... anders dan anders, en dat het dan wel mag. U heeft het nooit over dit soort gevallen in uw preken (en dat begrijp ik... natuurlijk, dat begrijp ik heel goed), maar die gevallen komen wel voor. Dat heb ik tenminste gehoord.'

Om je haren uit je hoofd te trekken.

'Nou... ja, er zijn inderdaad bijzondere gevallen,' moest ik toegeven, 'heel bijzondere gevallen, dat is zo. Maar ja, zo weinig,' revancheerde ik me onmiddellijk, 'dat ze te verwaarlozen zijn. Hooguit een op de twintigduizend, op de honderdduizend, en misschien nog wel minder. Als u denkt dat u met het vreemdste geval ter wereld te maken heeft, nou, bedenk dan maar dat het nog lang niet vreemd genoeg is, dat het nog veel vreemder kan, dan zit u er nooit naast. Dat is een regel die altijd opgaat.'

'Maar ze bestaan wel,' hield ze vriendelijk en koppig vol, mijn hele uitleg genadeloos negerend. 'U heeft het er nooit over in uw preken, maar die gevallen bestaan wel degelijk.'

'Ja, ja, dat zei ik toch, Zelinda Icci, dat zei ik. Zeer bijzondere gevallen. Zo bijzonder dat ze te verwaarlozen zijn.'

'Dan gaat de regel dus niet op.'

'In deze zeer bijzondere gevallen niet, nee, dat spreekt voor zich.'

'En dus,' zei ze alsof ze in zichzelf praatte, 'is het dan ook geen zonde.'

'En dus is het dan ook geen zonde,' herhaalde ik. 'En zal ik u eens wat vertellen: dat is ook heel goed, geloof me. En dan zal ik u nog iets vertellen: je moet er, onder ons gezegd en gezwegen, een heleboel geld voor hebben, en het duurt eindeloos. Er gaan jaren overheen, geloof me. In één geval wel twaalf, dertien jaar, weet ik nog. Dertien jaar maar liefst, Zelinda, en we hebben onze eerste communie al heel lang achter de rug, wij tweeën.'

'Daar gaat het niet om,' zei ze even later, op haar manier als een echte dame.

'Het kost meer dan een huis,' hield ik aan.

En toen gebeurde er iets. Mijn oudje keek even om zich heen, wierp toen een blik op de deur en stond even te luisteren. Ja. Er móést iets gebeuren, er hing al iets in de lucht, verzeker ik u. En plotseling was het me, zonder dat ik wist waarom, zonneklaar dat al die malle vragen over het huwelijk en de regels en de bijzondere gevallen en zo meer slechts een voorwendsel waren. Dat ik ze serieus had genomen en er zelfs boos over was geworden, nou, dat was dan pech voor mij. Je krijgt wat je toekomt, amen. Een afgeschreven pastoor, dat ben ik.

En ja hoor. 'Eigenlijk...' begon zij, 'is er nog iets anders... Dat van net was misschien een beetje een smoesje. Ik wilde...'

Op dat moment klonk buiten het geluid van bronzen belletjes en een geruis als van luzerne en water dat de hele straat vulde, en duizenden hoefjes en geblaat. Witte en zwarte schaduwen gleden achter het raam voorbij. De spinones blaften hard. Dus bleef ze midden in haar zin steken en luisterde naar het rumoer, ze maakte zelfs geen aanstalten verder te gaan.

'En, Zelinda, u zei...' probeerde ik niet erg hoopvol.

'Nee, een andere keer,' zei ze snel, alsof ze zich verontschuldigde, 'het is nu al te laat. De herders zijn zelfs al terug, zo meteen is het donker. Misschien een andere keer. Ik kom wel een andere keer naar u toe. Ja, vast en zeker.'

Die avond viel er niets meer aan te doen, besefte ik. Er restte me niets anders dan tegelijk met haar op te staan en naar beneden te lopen, naar het pleintje voor de kerk. De maan was tevoorschijn gekomen, maar het was zo koud buiten dat ook zij leek te huiveren. De lucht rondom was blauw, en blauw de paden en het gras van de weiden en de berggeulen en het struikgewas in de bossen. Op het bergweggetje en voorbij de kale heggen was niemand te zien, en dat zou tot de volgende ochtend zo blijven. Je hoorde een kind hoesten en het geluid van ijzeren bitten. Een kolenbrander stak het pleintje over met een halster en een lantaarn in zijn hand: hij bracht zijn muildier naar de stal.

Ik was zo droevig als een jonge jongen, ik zweer 't: haar zo laten gaan was meer dan ik aankon.

'Hé, Zelinda,' riep ik, 'luister even. Wacht.'

Ze draaide zich naar me om en ik werd plotseling verlegen.

'Ik weet dat u alleen maar hiernaartoe bent gekomen om me een vraag te stellen, dat weet ik wel. Maar wat zou u ervan zeggen, Zelinda, als ik er nu een aan u stelde? Ik heb die van u allemaal beantwoord, ziet u, en als u er morgen weer een heeft, weet u waar u me kunt vinden.'

Ze bleef wachten en zei geen woord. Niet dat ze vijandig keek, dat niet; alleen deed ze meteen weer als een egel.

'Zelinda,' begon ik toen ik nog maar een stap van haar verwijderd was, 'ik wil open kaart met u spelen. U staat de hele dag daar beneden aan het kanaal kleren en oude lappen te wassen, u kent niemand, u maakt met niemand ooit een babbeltje, en na de vesper hup meteen naar huis. En vanavond neemt u gewoon, zomaar ineens, de moeite om naar mij toe te komen en ruim twee kilometer omhoog te lopen bovenop de acht die u al elke dag aflegt, en dan vraagt u me... dan vraagt u me wat u me gevraagd heeft, en dat was het. Welnu, ik heb al voor hoefsmid, voor dokter en voor van alles en nog wat gespeeld, dus helaas kijk ik nergens meer van op. Maar dit vond ik toch wel vreemd... zeg maar gerust eigenaardig.'

Ook nu zei ze geen woord.

'Weet u zeker, Zelinda, dat u echt niets anders tegen me wilt zeggen?'

De oude vrouw leek even te aarzelen.

'Weet u echt zeker,' probeerde ik nog een keer, 'dat u me werkelijk alles heeft gevraagd?'

'Ja... ja,' kwam er een beetje aarzelend uit. 'Dit is alles wat ik wilde weten. Of je misschien ook bij u af en toe de regels niet in acht hoeft te nemen, als de regels niet voor iedereen gelden... Dat had ik zelf eigenlijk ook al bedacht. Het is niet rechtvaardig, dacht ik, dat de regels voor iedereen gelden. Soms moeten ze gewoon niet gelden, waar blijft anders de rechtvaardigheid? Maar ik ben blij dat ik het nu van een van jullie heb gehoord. Als jullie het zeggen is het toch anders. Het maakt verschil... Goeienacht.'

'Goeienacht,' zei ik.

Ik leunde met mijn arm tegen de appelboom op het pleintje voor de kerk en keek haar een tijdje na.

Ze liep langzaam weg, alsof het haar moeite kostte, zou ik haast zeggen, dus het duurde even voordat ze de hoek om was. In de bocht verdween eerst zij en iets daarna haar schaduw, maar het geklep van haar klompen klonk nog een paar minuten op.

Toen ik helemaal niets meer hoorde, liep ik de pastorie weer in.

VII

Natuurlijk vertoonde de oude vrouw zich niet meer in de pastorie. De volgende dag niet en de dagen daarna ook niet.

En ikzelf vond niet eens een halfuurtje de tijd om naar het kanaal te gaan, naar haar toe. U weet ook wel hoe dat gaat met een pastoor in de bergen: sommige maanden van het jaar – in november bijvoorbeeld – zijn er een hoefsmid, een dokter (zo een die nog maar net begonnen is welteverstaan), een postbode en een kapper voor nodig om al het werk te doen dat hij in zijn eentje opknapt. En nu was het dus november.

Het merkwaardige van het verhaal was: ik dacht elke dag meer aan haar en ik voelde een zekere schroom en terughoudendheid die ik al minstens dertig jaar niet meer had gekend, en een kiesheid die bijna lachwekkend was. Probeer hierboven maar eens met mes en vork te eten, of fatsoenlijk Italiaans te spreken of zelfs maar een vrouw een hand te geven. Dan kruipen ze meteen in hun schulp. Als je zo dicht langs ze loopt dat je ze met je elleboog aanraakt, dan is het hoogst haalbare een hoofdknikje en verder niks. Meer hoef je niet te verwachten.

Zelfs mij bekeken ze met achterdocht, zoals ze keken toen ze de Engelsen hoorden praten. Bij de biecht was het nog erger. Ik vertelde een heel verhaal en moest dan ineens stoppen om mezelf te vertalen.

'Maar natuurlijk,' zei ik bij mezelf toen de misdienaar eerst mijn ene en toen mijn andere schoen uittrok en ik daarna kon gaan zitten, 'het is zonneklaar. Die kwestie van het huwelijk en al die andere onzinvragen houden haar helemaal niet bezig. Dat staat vast. Alleen zo'n arme donder als jij, alleen zo'n eenvoudig, zielig dorpspastoortje als jij kon haar serieus nemen, al was het maar even. Denk nou eens één seconde na, als je tenminste nog denken kunt. Een vrouw van zestig, als ze niet ouder is, die doet wat zij doet, die de hele dag aan het kanaal oude lappen en darmen staat te wassen en zeven kilometer per dag loopt om ze naar het dal te brengen, en dat alle dagen van het jaar, en die kind noch kraai heeft en niemand groet en om wie niemand zich bekommert, ja, die heeft natuurlijk wel iets te vragen. En die komt dat natuurlijk aan jou vragen, een heer, de enige in het hele dorp die fatsoenlijk gekleed is en die bovendien in de kost is bij Onze-Lieve-Heer zelve. Ieder ander had het allang begrepen. Neem de pastoor van Braino, die zeker.'

En een dag later zomaar weer het tegenovergestelde.

'Kom, laten we die oude mol nou maar met rust laten. Laten we haar uit ons hoofd zetten en er niet meer aan denken.'

Toen kwam die avond.

Het was donker en de maan was al op: de bergen en de struiken en de wegen en de grafzerken (met uitzondering van de bossen, die alleen maar uit struikgewas bestonden) waren duidelijker te zien dan bij zonlicht. Het was nog geen zeven uur en in alle huizen pakten de oude vrouwen een mes en verdeelden het eten.

Achter de pergola van de oude taveerne meende ik schimmen te zien. Ze bewogen zich voorzichtig tussen de al ontbladerde takken. Ze wachtten vast en zeker op iemand. Zelfs een in de pastorie betrapte dief zou minder argwaan hebben gewekt. Toen werd er in de buurt van de bergpas op een rare manier gefloten. Een andere schim kwam aangerend en verdween ook tussen de takken, en zo kropen ze allemaal weg.

Ik ben niet nieuwsgieriger dan anderen, maar ik was weleens om minder gaan kijken: een dief is een dief, twee dieven zijn maar twee dieven, maar zes of zeven schimmen die zich 's nachts achter een struik verstoppen, dat geeft te denken. Bovendien zijn dit beslist moeilijke tijden.

Zodoende deed ik het licht uit, opende het raam en keek naar buiten.

Er ging een minuut voorbij, en toen nog een. Het leek wel of de maan ook keek. Je hoorde in de stilte het gekabbel van water en het geknisper van een dode twijg, en al die ontelbare geluiden die niemand ooit thuis kan brengen en die zoetjesaan uit het holst van de nacht, diep uit de bergen, lijken op te wellen. Er ging krap een derde minuut voorbij. Opeens waren er voetstappen te horen op het pad. Ik ging op mijn tenen staan en leunde een eindje uit het raam. In de bocht van het bergpad kwam een geit tevoorschijn, en een kruiwagen en een oude vrouw.

Plotseling sprongen er vanachter de pergola zes, zeven jongens tevoorschijn met lege blikjes en pannendeksels en andere rammelende spullen die bij zo'n festijn horen. En nog drie uit de heg ertegenover. Schreeuwend en slaand met hun blikjes gingen ze in een kring om haar heen staan dansen. En daarna allemaal in optocht achter haar aan.

De geit was helemaal door het dolle: ze trapte en stootte met haar horens en wilde zich van het touw losrukken. Ze zette zich midden op de weg schrap en maakte een grote sprong naar voren. De oude vrouw wilde alleen maar doorlopen met haar lappen, kruiwagen en hele bedoening, ze zei geen boe of bah en draaide zich niet één keer om; net een pad die zo snel mogelijk in de sloot wil verdwijnen.

Ik begreep er helemaal niets van. Ik luisterde, keek, keek nog eens, maar ik begreep er helemaal niets van.

Intussen waren ze vlakbij gekomen. Ik kon hun gezichten zien. De stiefzoon van weduwnaar Sante strooide een hele berg papiersnippers, confetti of zoiets, over haar schouders en begon toen iets te schreeuwen. Ik spitste mijn oren nog meer, maar ik kon weinig verstaan omdat ze nog steeds op hun deksels en blikjes sloegen.

'Bruidssuikers... bruidssuikers,' schreeuwden ze allemaal lachend. 'Leve de bruid... Bruidssuikers.'

Toen werd alles duidelijk.

'Ja, dat is 't, ik herken de signatuur,' dacht ik meteen. 'Hier zit Melide achter, dat is duidelijk. Die heeft die avond aan de deur geluisterd, er het hare van gedacht en toen dit festijn op touw gezet.'

Enfin, dit soort stomme dingen komt wel vaker voor, hierboven. In wezen zijn het nog halve wilden. Iemand is net iets anders dan jij, bemoeit zich alleen met zijn eigen zaken en gaat met kerst niet in de stal zitten drinken, en ja hoor, op een avond komen ze de sik van zijn geit afknippen.

Nooit meer dan die sik, dat snapt u.

Maar ik dacht al aan morgen.

Ik wachtte tot ze nog dichterbij waren.

'Hé, jongens!' schreeuwde ik toen ze vlak onder m'n raam waren. 'Wacht even, jongelui. Wacht even, het mooiste moet nog komen. De bruidegom komt er ook aan.'

En ik deed net of ik naar beneden wilde komen. Er ontstond chaos onder het raam, een wild geren over heg en steg en een gerol van blikjes links en rechts. Het gezelschap vloog uit elkaar. Mijn oudje verdween om de hoek, niet haastig, niet traag.

Er was licht, er was een koel, klaar licht en ik kon alles zien: ze had her en der nog snippers papier op haar haren en schouders. Ze hoefde haar hoofd maar een klein beetje te bewegen om ze op de grond te laten vallen. Goed. Zelfs dat deed ze niet. Ben je gek, ze deed of ze er niet waren, dát deed ze, zoals ze ook deed of ik niet daar achter het raam stond te kijken hoe ze voorbij liep en uit het zicht verdween.

Het merkwaardigste schepsel op aarde.

'En morgen naar het kanaal,' zei ik bijna vrolijk. 'Zo'n kans krijg ik nooit meer ben ik bang. Die oude dame zal me toch moeten bedanken. Allicht. Dat zou zelfs een neger doen.'

Na een tijdje hoorde ik haar voetstappen niet meer. Er ging een lantaarn aan. Daar beneden liep het kanaal.

De lantaarn ging uit.

Alles onder de maan was nu helder en vredig en fris tot ginds in het dal en nog verder.

'En morgen naar het kanaal,' dacht ik.

Ze zeggen dat jongens en meisjes vrolijk worden van dit soort dingen.

VIII

En dus stuurde ik de volgende dag mijn jongens een dik halfuur eerder weg en liep naar het kanaal.

Ze was er.

Ik bleef aan de rand staan, zo'n tien meter recht boven haar. Natuurlijk had ze me al minstens vanaf de bocht aan zien komen, maar voor ze er blijk van gaf dat ze me had opgemerkt, liet ze me vanzelfsprekend een flink tijdje wachten. Ik groette haar van daarboven met een knikje van mijn hoofd, en zij deed hetzelfde van daarbeneden. Maar niet meer dan dat, begrijpt u wel? Alleen een knikje met haar hoofd. En daarna ging ze door met wassen.

Dat was alles wat er afkon en geen greintje meer. Dus zat er niets anders op dan weer op huis aan te gaan. En zo ging 't drie of vier dagen. Precies zo. Ik kwam aan bij het kanaal, bleef braaf een tijdje wachten, en dan besloot ze eindelijk om omhoog te kijken (altijd zogenaamd toevallig, dat was nog het mooiste); ik groette haar, zij groette mij, en hup naar huis. Het was bijna lachwekkend.

'Rustig aan. Rustig aan,' zei ik. 'Het is pas na zes dagen zondag. Daarom heet 't ook een feestdag.'

En toen, op een keer, gebeurde er iets.

Het was al flink gaan regenen. Overal de geur van nat gras. Onder de bomen lagen 's morgens hopen verdronken mussen. Het water in het kanaal stond intussen een el hoger en veel platte stenen waren al bijna onder het water verdwenen. Dus moest ze, om haar was te doen, zo'n driehonderd meter verder naar het dal gaan staan. Ik zag haar niet meteen en stond al op het punt om terug te gaan.

'Ze zal toch ook niet op het idee gekomen zijn om Melide aan het werk te zetten,' zei ik.

Er rolde een steen in het water en opeens zag ik haar. Daar was ze, half onder de takken.

Wat je noemt een teken van verstandhouding, een regelrechte boodschap. En nu nog steeds zou ik niet weten wie naar eer en geweten kan verklaren dat hij ooit een briefje heeft gekregen dat ook maar bij benadering zo veel betekenis had. Mijn oudje had me geroepen, wis en zeker, en die keer was ik zo snugger om te begrijpen dat als iemand je op die manier riep er geen reactie werd verwacht.

Vrienden, drink het glas nooit tot op de bodem leeg. Ik bleef nog geen halve minuut staan.

Het was avond; het water in de beken gutste naar het dal, het kanaal voerde boomtakken mee en nu en dan ook kluiten aarde.

Ik ging terug naar huis.

IX

Kort en goed: de dagen gingen voorbij en niets wees erop dat ze toenadering zocht, en dat zou altijd zo blijven. Ik besloot om naar haar hol te gaan.

Intussen deed ik niets anders dan naar de wolken turen en lucht opsnuiven om te ruiken of de geur van natte plantenwortels al begon weg te trekken. En Melide mij maar in de smiezen houden. Ze kon onderhand niet anders meer. En de hemel klaarde een beetje op.

'Goed,' zei ik die dag tegen mezelf – want voor je een stap zet moet je toch een reden hebben en niemand maakt zich graag belachelijk – 'als het je werk is om je om iedereen te bekommeren, bekommer je dan eerst maar eens om één, één en niet meer. Maar dan ook met huid en haar, tot op de bodem, om het zacht uit te drukken. Een betere manier om je ook echt om al die anderen te bekommeren is er niet. Bespaar je anders maar de moeite, beste man, de rest is niets dan buitenkant.'

Niet dat het iets was om trots op te zijn, maar ik meen heel wat mensen te kennen die er veel eerder de brui aan hebben gegeven.

Het was inmiddels opgehouden met regenen. De vrouwen hadden hun kookstel weer voor de stoep van hun huis gezet en de kuikentjes trippelden over de weg; ze kwamen zelfs bij mij de pastorie binnen. Halverwege de ochtend brak er ook een zonnetje door. Hoewel, oud koper, nepgoud: je kon er niet echt op vertrouwen.

Maar ja hoor: na twaalf dagen regen moesten ze me uitgerekend die dag allemaal hebben.

Het begon tegen achten.

Om te beginnen de zes oudste herders van het dorp om over het meifeest te praten. Geen *Jeruzalem* meer dit jaar, en al helemaal geen *Roeland in Parijs*. Tijdens de oorlog waren de zwaarden bij de Duitsers ingeleverd, er ontbrak een harnas, en ga zo maar door. En er was ook geen geld, en geen tijd. Goed. Had ik misschien een idee voor een ander stuk waarvoor zulke dingen niet nodig waren? En dat bovendien kort was? En waarin heel weinig rollen zaten? Een van hen was gestorven, in september. Hij deed koning Karel, Judas, alles, en hij was de beste van deze kant van de berg. Maar ja, hij was gestorven, in september. Daarom waren ze met zijn zessen helemaal van de veengronden vlak bij Bobbio gekomen.

Ik kon niet meteen iets bedenken. Ik was die dag ergens anders met mijn gedachten.

'Tja, *Jeruzalem* zou geknipt zijn geweest voor jullie,' zei ik alleen om tijd te winnen. Ik wierp een blik uit het raam. De zon was al bijna verdwenen, er drongen donkerblauwe wolken omheen.

Ze knikten met hun hoofd. Ja hoor, de zon was verdwenen, en in de kamer werd het nog donkerder dan in de bioscoop. De zes oude mannen stonden nog steeds te wachten.

'En het trok ook een hoop mensen,' zei ik wat verstrooid. Ik keek nog steeds naar de blauwe wolken. Ze konden immers ook wegtrekken, overdrijven. Een zuchtje wind was genoeg, of minder zelfs.

De zes mannen keken elkaar aan.

'Ze kwamen helemaal vanuit het dal en zelfs van de andere kant van de berg,' zei er een.

'Temeer, meneer pastoor, omdat we hier al vijf jaar geen meifeesten meer hebben gevierd,' zei de man die op de veengronden woonde.

'Ja, logisch. De oorlog...' zei ik om maar wat te zeggen. Het werd wat lichter in de kamer. Misschien kwam de zon toch nog door: een zuchtje wind was al genoeg. Ik strekte mijn hals om naar het westen te kijken. 'Waarom proberen jullie *De Koningen van Frankrijk* niet? Dat is ook lang niet slecht.'

Er volgde kort overleg: de zes mannen fluisterden even met elkaar en toen nam er een, ook namens de anderen, het woord.

'Ja, maar de sabels dan? Daar heb je er dan ook vijf van nodig, op z'n minst. En ook nog kostuums en harnassen. En de vrouwen? Er zitten drie vrouwen in dat stuk, waarvan twee ook nog eens heel jong. Waar haal je tegenwoordig jonge vrouwen vandaan?'

Ik zweeg. Zij zwegen ook. Ze keken elkaar weer aan, en toen keken ze allemaal tegelijk naar de man die op het veen bij Bobbio woonde.

'Ziet u, meneer pastoor, we hebben een kort stuk nodig,' legde de man van het veen bij Bobbio opnieuw geduldig uit, 'dat je met zijn zessen of zevenen kunt doen, of met nog minder. We hebben geen degens meer, dat is 't 'm. En dan is Grisante ook nog komen te overlijden in september.'

'Zeg,' zei ik zonder erbij na te denken, 'denken jullie dat het weer goed blijft?'

Ze keken allemaal uit het raam.

'Als het daarom gaat, zouden we het ook met Sint-Maarten kunnen doen. Om die tijd is het altijd een week goed weer.'

'Nee, nee, ik had het over vandaag. Ik bedoelde:

zou er vandaag geen herfstbui komen?'

Nu hebben die herders, als ze de zeventig gepasseerd zijn, van die heiligenbaarden, heiligengezichten en lichte, hemelsblauwe ogen zoals zelfs een kind ze niet heeft, waardoor je je altijd schuldig voelt als ze je aankijken. Ze hebben gewoon een betere neus dan een speurhond en je kunt niets voor hen verborgen houden.

Ze hadden iets geroken. Ze hadden beslist iets geroken. Ze sloegen hun capes om en bliezen de aftocht. Het was voor het eerst dat me dat overkwam, in al die dertig jaar dat ik hier nu was, en mij stond het ook niet aan.

Door het raam zag ik ze het weidepad nemen. Ze liepen in een rij achter elkaar, almaar langs de slootkant, en ze haalden de geitenkazen die ze voor mij hadden meegenomen een voor een onder hun cape vandaan. Ze liepen nog een heel eind verder omhoog en gingen toen in een kringetje staan. Het leek wel een samenzwering. De man van het veen bij Bobbio was de eerste die zich weer in beweging zette. Ze liepen allemaal achter hem aan. Ze verdwenen naar links.

'Dat is niet de weg naar het veen,' zei Melide, die bij me stond. 'Voor het veen moet je rechts omhoog. Die gaan niet naar huis.'

Ik draaide me om en keek haar aan.

'Die gaan naar Braino,' zei ze misprijzend. 'Ze zijn

in staat om naar Braino te gaan en met de pastoor daar te overleggen.'

Dat was ook voor het eerst in dertig jaar.

'Ach, ik houd toch niet van geitenkaas,' zei ik ontwijkend.

Ze keek me raar aan.

'Het smaakt naar wild,' zei ik.

Het zij zo. Ook dit was weer verleden tijd.

Van twee overhemden en een nieuw boord en een koorhemd dat ik hooguit twee keer had gedragen en nog het een en ander, lukte het me uiteindelijk om een bundeltje te maken dat er redelijk mee door kon; ik stak er een essentak doorheen en probeerde het uit op mijn schouder.

'Er is iemand die u wil spreken,' zei Melide die precies op dat moment binnenkwam en in de deuropening naar me bleef staan kijken. Ik voelde me knap opgelaten. Niet dat ik iets verkeerds deed, dat niet, maar ik zag er bespottelijk uit.

Ik legde het bundeltje neer en liep naar de studeerkamer.

Er stonden twee bestuursleden van de Dochters van Maria uit Grappada, beneden in het dal, op me te wachten. Ze waren hiernaartoe gekomen voor een zaak die dateert van voor mijn tijd: een pelgrimstocht naar Oropa of Loreto of misschien wel beide, die, een beetje door mijn toedoen, steeds een jaar werd uitgesteld en waar het nu maar eens van moest komen. Het moest er nu maar eens van komen, herhaalden ze zonder me aan te kijken, dat stond buiten kijf, zo veel was zeker... Alle bijdragen waren al geïnd. Nou ja, niet alle: mijn lijst, bijvoorbeeld, ontbrak nog. Ze begonnen al te morren op de berg... niets ernstigs, alleen vage geruchten... Tot nu toe tenminste, laten we elkaar goed begrijpen. Besefte ik dat wel? Begreep ik het?

Het waren vreemde mensen, werkelijk waar. Ze hielden hun ogen neergeslagen en hun lippen stijf op elkaar, alsof ze zich door alles en iedereen beledigd voelden en door mij nog het meest. Twee vleesgeworden verwijten, om u een idee te geven. Maar het enige wat ik deed, was dat zonnetje in de gaten houden. Dan was het er en dan opeens weer niet, en na een poosje kwam het weer tevoorschijn, alsof het vocht voor zijn leven en het alleen om mij een plezier te doen nog niet opgaf.

In hun aanwezigheid leek ik wel achttien. Ik zei alleen maar ja. Natuurlijk. Dat spreekt voor zich. We zouden zonder meer gaan, dit jaar, en ik had zelfs een plan bedacht dat niet onderdeed voor welk plan dan ook.

Ze reageerden koeltjes.

'Ja... maar de dienstboden?' vroegen ze een tikkeltje afgemeten.

Ik draaide me om en keek ze aan alsof ik net op dat

moment wakker was geworden.

'Pardon, wat is er met de dienstboden?'

Ze knepen hun lippen nog stijver op elkaar.

'We vroegen u,' verwaardigden ze zich nog net, 'of alle oud-dienstboden mee mogen of alleen die met een diensttijd van minstens twintig jaar...'

'Tja, ik zou zeggen allemaal... Ja, allemaal. Dat lijkt me het beste.'

Ze keken elkaar even vragend aan. Onder hun neus verscheen, en verdween prompt weer, iets wat voor dat soort mensen warempel een glimlach van verstandhouding kon zijn. Ik had vaag het gevoel dat ik in de val werd gelokt.

'Ja, waarschijnlijk wel. Waarschijnlijk wel,' gaven ze overdreven onderdanig toe. 'Maar in dat geval zijn er minstens drie auto's meer nodig. Misschien wel vier. Maar als u daar aan kunt komen... Als u, dat spreekt voor zich, in staat bent om ...'

Ik was nergens toe in staat, dat was duidelijk, en dat wisten ze beter dan ik. Ze gingen er eens goed voor zitten om in stilte van de uitwerking te genieten. Het leken wel wassen beelden.

'Nou ... dan alleen die met minstens dertig jaar. Ja, misschien is dat beter. Alleen die.'

Ze keken me meewarig aan, alsof ik een volslagen idioot was. En daarna keken ze weer naar elkaar. De zon was er en was er niet: er kwamen opnieuw wolken aandrijven van de bergen. Ik begon er nu echt genoeg van te krijgen. Ik zakte, tot mijn schande, doodgemoedereerd nog verder onderuit in mijn stoel.

'Nou, meisjes,' zei ik en probeerde er zelfs bij te gapen. 'Tot ziens in Loreto of Oropa of misschien wel beide. Maken jullie er maar wat moois van, goed? Ik heb nu helaas een heleboel te doen, dus als jullie het niet erg vinden ga ik weer aan de slag.'

Ik had me ervan afgemaakt, ik weet het, maar nu gingen die twee kuise kippetjes tenminste weg, trippel de trippel. Het laatste wat ik van ze zag waren vier magere staken en twee hoedjes met stoffen vruchten erop, en zelfs die leken beledigd.

En dat stond me ook al niet aan.

'Een vreemde dag,' dacht ik. 'Alles bij elkaar een vreemde dag.'

'Wat is het voor dag vandaag?' vroeg ik aan Melide.

'Woensdag zes november,' zei ze.

Woensdag zes november. Alles bij elkaar een heel vreemde dag. Anders.

'Het lijkt erop dat we klanten aan het verliezen zijn,' probeerde ik er een grap van te maken. Maar het klonk wel wat geforceerd. Sommige dingen zijn gewoon niet leuk. Voor niemand niet.

Melide stond op het punt iets te zeggen. Ze keek naar mijn pakketje en zei geen woord.

Ik legde het over mijn schouder en ging de deur uit.

X

Zo liet ik de huizen en de vijver achter me, en daarna de herberg, en toen het kerkhof en de veengronden, en na een poosje was ik alleen, en om me heen waren alleen nog ravijnen en berggeulen en verder weg een paar bergweiden en nog verder weg de bergkam.

Na bijna twee uur kwam ik bij de kei waaraan een stuk ontbrak: daar was op een nacht een herder door zijn zeven broers vermoord. Een halfuur later was ik er.

Het eerste wat ik zag, zo'n dertig meter lager, was warempel haar geit, en dat was al meer dan wat ik aanvankelijk had gehoopt.

De zon ging nu onder: de bergkloven in de verte hadden de kleur van oud roest en de lucht neigde al naar hemelsblauw, en als je niet wist dat Bobbio verderop lag, zou je denken dat je je aan het eind van de wereld bevond.

En daar was ze, mijn oudje.

Ze zat op de stoep voor het huis te spinnen, en ze keek noch naar de spinstok noch naar de klos; ze zat vast en zeker aan iets te denken, aan één ding en alleen daaraan, zoals een dienstplichtige op een feestdag in de gevangenis met zijn hoofd tegen de tralies leunt en niets merkt van al die mensen die twee meter onder hem tot 's avonds laat op en neer wandelen.

'Zo, dit wordt nou wat je noemt een ontmoeting,' zei ik tegen mezelf. 'Er is niemand, het is etenstijd en de stilte zal haar ook wel zwaar vallen. Nu moet ze toch wel uit haar schulp komen.'

En ik begon de helling af te lopen. Maar de vrouw had me blijkbaar gehoord. Zonder op te kijken kwam ze meteen overeind, pakte mand en spinstok, trok de geit die rondscharrelde tussen de struiken mee aan haar touw en binnen een minuut verdween alles door de deur. Op de weg voor de stoep bleven alleen haar klompen achter en ik, die er met stok, bundeltje en de hele rataplan naar stond te kijken.

Ik was nog steeds niet van plan om me volstrekt belachelijk te maken, vooral niet omdat ik voelde – ik voelde het – dat ze ook nu achter de deur bleef staan luisteren. Dus maakte ik subiet rechtsomkeert.

Het nachtelijk blauw daalde neer van de bergruggen

en de weiden. Er is geen treuriger gezelschap dan dat uur. Er komen opeens van die gedachten in je op, je wordt overvallen door herinneringen: 'Is dit alles?' vraag je je af. En dan is een mens niet eens meer een mens. Maar nog geen halfuur later hoorde ik het gekraak van een kar. Dat moest de kleermaker zijn. Op dat uur en op die plek kon het niemand anders zijn dan hij. Hij keerde terug van zijn laatste ronde vóór de winter. Ik bleef staan wachten. Hij was het.

Omdat hij in zijn jonge jaren in de Savoye was geweest en veel had rondgereisd en dat vrouwenberoep uitoefende, had hij precies de manier van doen van een Fransman. Hij overstelpte me met hoffelijkheden en complimenten en *bonjours*, en tot slot vroeg hij of ik mee wilde rijden.

'Breng me niet in verleiding,' zei ik.

Hij maakte een niet helemaal gelukt hoffelijk gebaar.

'U zou de eerste zijn vandaag,' antwoordde hij ad rem. 'Op mijn hele ronde heb ik niemand in verleiding kunnen brengen. Nee, niemand. Geen enkele vrouw.'

'Tja. We moeten eerst weten wat uw vriend ervan denkt,' en ik wees naar zijn ezel.

'Ach, zondeloos vlees weegt niets,' zei de man, die altijd voor iedereen een vriendelijk woord overhad, en hij maakte al plaats voor me op de wagen.

De hele weg zeiden we geen woord. Het was donker, er was geen huis te zien, onze boorden waren nat: twee weduwnaars zouden beter af geweest zijn dan wij. Ik had bot gevangen, en hij zo mogelijk nog meer.

'Nog geen half pak,' zei hij opeens en lachte wat zuur. 'De hele dag heb ik nog geen half pak verkocht. En ik ben helemaal naar de voet van de berggeulen gegaan.'

'Ze hebben soldatenpakken,' zei ik. 'Die doen ook dienst voor de winter.'

'Akkoord. Akkoord. Bij wijze van spreken dan,' zei hij. 'Maar waarom laten ze me elke keer een halfuur praten? Dat vraag ik me dan wel af. Waarom laten ze me alles uitstallen? Moet u eens in Frankrijk of de Savoye gaan kijken!'

Hij had zich naar me toegedraaid. Hij was waarschijnlijk diep beledigd en wilde een reactie van me.

'Ik begrijp u wel,' zei ik vermoeid. 'Ik begrijp u echt. Maar voor hen is zelfs dát een verzetje. En daar hebben ze er niet zo veel van, dat is 't 'm.'

'En nog gratis ook. Ja, die is goed! Daar was ik nog niet opgekomen. Je moet er verdorie haast om lachen,' zei hij een beetje neerbuigend.

'Het wordt al koud,' zei ik om er een punt achter te zetten.

Ik voelde dat hij naar me keek, en nog aandachtiger dan eerst. Hij bekeek me met een professionele blik, als u begrijpt wat ik bedoel. Hij bleef een poosje stil. Hij keek en keek, en zweeg. 'Dat gekke mens... Wat een gek mens,' dacht ik.

'Zal ik u eens wat vertellen?' zei hij en gaf een tikje tegen mijn elleboog. 'Ik ken priesters in de stad die onder hun soutane een plusfour dragen. Vlotte, moderne mensen. Bovendien, niemand ziet het.'

Ik wachtte glimlachend af. Ik zei geen woord. 'Zou ze naar buiten zijn gekomen om haar klompen te pakken?' dacht ik bij mezelf.

'Voor op de fiets, welteverstaan,' haastte hij zich te verduidelijken. 'En eigenlijk hebben ze geen ongelijk. Dat is toch veel gemakkelijker? Vooral omdat ze 's nachts worden weggeroepen...'

'Ja, in de stad heb je die. Waarschijnlijk heb je die in de stad.'

Hij draaide zich weer naar me toe.

'Oh, maar niet alleen in de stad, hoor. In de bergen is het denk ik nog eerder...'

'Vergis ik me of is dat het dorp?' zei ik om van hem af te komen.

Het mannetje gaf, plotseling fier, een harde ruk aan de teugels. Hij was op slag iemand anders.

'Zo, ik ben er,' nam hij kort en bondig afscheid van me, en zonder een moment te wachten boog hij zich voorover om de lantaarn los te maken. 'We hebben je afgebeuld, hè, vandaag?' was hij opeens weer vriendelijk tegen de ezel. 'We hebben je op je huid gezeten, hè?'

'Goeienacht, ik ben er ook,' zei ik.

Ik stak het met keien bestrate pleintje over. Mijn voetstappen waren tot in Bobbio te horen. Uit een stal kwam het geblaf van een spinone.

Ik was nog maar net in de pastorie of de jongen vertelde me dat de oude vrouw 's middags twee kaarsen en een brief was komen brengen; en toen was ze naar het kanaal gegaan en daarna was ze teruggekomen om de brief weer op te halen.

'En daar zijn uw kaarsen,' kwam Melide tussenbeide. Ze kon geen moment haar ogen van bundel en stok afhouden. Maar ik dacht nu aan de brief, daaraan en aan niets anders; en waarom ze hem had geschreven, en wat er in hemelsnaam in kon staan, en waarom ze hem weer had opgehaald. En zelfs als ik geen schoenen aan mijn voeten had gehad, had dat me niet zo beziggehouden als dit.

'Ze heeft dus een brief gebracht?' vroeg ik nog eens aan de jongen.

Hij knikte.

'En toen is ze hem later terug komen halen?'

'Om een uur of vier,' legde hij uit.

Ik maakte in gedachten een rekensommetje.

'Dus toen ik net weg was...'

De jongen knikte.

Ze staarden me allebei aan. Ze verwachtten klaarblijkelijk Joost mag weten wat.

'Enfin,' besloot ik, 'ik heb na twee uur niets meer gegeten vandaag. Is er misschien iets? Ik zou dolgraag wat eten.'

XI

Maar een tijdje later zou ik haar ontmoeten. Op een nacht.

Het had de hele dag geregend zoals het alleen bij ons regent. Geen enkele herder had zin gehad om op pad te gaan en ze zaten allemaal achter hun huisdeuren stoelen te matten, manden te vlechten, kastanjes te koken voor de koude dagen of vallen te maken om in de bossen te zetten. De greppels zagen al grijs van het water, het kanaal kolkte, het water viel met bakken uit de kapotte dakgoten en van het pleintje tot het dal geen kip, hond of mol.

Ik deed het raam open dat uitkijkt op de vlakte. Vlagen regen en de geur van nat gras namen bezit van de kamer.

'Nee, nee, nee. Voor háár is dit beslist geen goede dag te noemen,' zei ik en deed het raam meteen weer dicht. 'En morgen wordt het nog slechter, en zo nog minstens drie maanden. Als ze me geen fikse stapel brieven heeft te schrijven die ze dan weer ophaalt, zal het voor de oude dame beslist geen vrolijke boel worden, vermoed ik.'

En zo de hele dag door, maar bij het vallen van de schemer stopte het; en toen de lantaarns in de stallen aangingen, kwam ook de maan tevoorschijn. Niet rond als in augustus natuurlijk, maar snaakser en helderder en frisser, alsof ze hem uit een emmer hadden gehaald; en alle bergen met hun nu al witte toppen en de weiden en het kerkhof en de bossen en het dal beneden, aan de andere kant, ontvouwden zich voor me: grootser dan ooit. Alles jong en blauw met hier en daar een spikkeltje zilver.

Er klonk een schot uit de richting van de bergpas, even later nog twee. Het geluid verbreidde zich in steeds wijdere golven over de hele helling. Langzaamaan ebde het weg naar het dal.

Het was drie, vier jaar geleden, als het niet langer was, dat zoiets in deze streek was voorgevallen: de oorlog was al geruime tijd voorbij. Het hele dorp werd wakker. Overal getrappel en gebalk van muilezels en gehuil van wakker geschrokken kinderen en mensen die hun bed uitkwamen en hun oor tegen de deur te luisteren legden. Maar niemand schoof de grendel open of ging de straat op of schreeuwde uit het raam wie is daar.

En ook ik kon me er, nog half ontkleed, niet toe zetten om naar buiten te gaan: ik liep van het bed naar de deur, weer terug naar het bed en bleef toen midden in de kamer staan en probeerde mijn schoenen aan te doen.

Er verstreek enige tijd. Misschien wel een hele tijd. Het lukte me om een schoen aan te krijgen en daarna de andere. Ik keek vanuit de deuropening de straat in.

Er was geen deur meer dicht: het licht van de kaarsen en de lantaarns die aan de balken hingen, viel nu tot midden op de weg. Hier en daar verscheen een half aangeklede vrouw met haar jongste kind op de arm aan het raam boven de voordeur. Eentje gooide er een lege sloop naar haar man beneden op straat, en toen nog een. Een jongen bond, al rennend, met een tuier zijn broek vast en verdween over het bergweggetje. Ze hadden allemaal een kom of een emmer bij zich, en de kinderen een muts, soms wel twee.

'Hé, mensen, wacht even, wat is er aan de hand?' riep ik vanuit de deuropening.

Ze gingen ervandoor. De oude mensen ook, en zelfs een oude vrouw alleen, en een heel gezin, vader moeder en zoon, als in de laatste nacht van Troje. Ik begreep er niet veel van. Toen kwam mijn jongen aangerend en werd alles duidelijk.

Er kwamen vier muilezels met meel over de weg vanaf de bergpas naar beneden, waar de moseiken staan. Maar de maan scheen niet: het regende. En een bos is een bos en nacht is nacht: de carabinieri waren gaan schieten. Daardoor waren twee muilezels halfdol geworden en alle kanten op gestoven, de kloven geulen en het veen in, en nu lag er, ergens in de buurt, zeshonderd kilo meel op de grond, als het niet meer was. Iedereen rende erheen om het op te scheppen.

'U moet vlug zijn,' zei de dorpsgek nog voor hij wegrende, 'want ze scheppen het nu al met lepels op.'

'Natuurlijk,' zei ik. 'Waarom niet? Als het regent, regent het ook voor mij.'

Even later was ik onderweg. Maar ik dacht vanzelfsprekend aan iets heel anders.

Op straat was niemand meer te bekennen en de mensen schoven de grendels op de deur. De kaarsen gingen een voor een uit. Toen ik het bergweggetje bereikte, had ik nog maar een sprankje hoop.

Maar toen zag ik daarbeneden, ter hoogte van de dode es, ineens mijn oudje dat ook haar schort ophield. Ze was bijna onzichtbaar door de schaduw die het pad in tweeën deelde. Ik stond in een ommezien naast haar.

'Ha, daar bent u dan,' zei ik een beetje plagerig. 'Dit keer bent u niet naar de regels komen vragen. Hiervoor kende u de regel wel.'

En ik wees op het meel. Mijn oudje kroop in haar schulp. Ze was banger dan een muis.

'Nee, nee, ik maak maar een grapje. Wacht even,' zei ik toen en pakte haar bij haar elleboog, 'ik kom alleen maar míjn brief halen.'

XII

Jammer genoeg stonden we intussen al bij de heg voor haar huis, en ik kon van een oude dame als zij niet meer verwachten dan dat ze me keurig zou groeten en me vervolgens op straat zou laten staan. Dat had ze trouwens al eens gedaan. Ze had weliswaar een deurtje van niks, net een tikkeltje sterker dan die wij voor onze varkenskotten gebruiken, en zelfs met mijn linkerhand had ik het zo kunnen forceren, maar dat deed er in dit geval niet toe.

'Ik ben er,' zei ze, zoals ik al had voorzien, 'hier is mijn huis...'

'Dat weet ik,' zei ik. 'Ik ben hier een dag of vijf, zes geleden tegen de avond een serenade komen brengen.'

'...dus dank u wel. Neem me niet kwalijk dat ik u heb lastiggevallen en alles. U ook goeienacht.'

'Om de dooie dood geen goeienacht,' zei ik een beetje jolig, 'en ik vergeef u absoluut niet dat u me heeft lastiggevallen. Zo makkelijk gaat dat niet.'

Ze keek me tersluiks aan, niet zeker dat ze me goed had begrepen.

'Het duurt nu iets te lang,' legde ik uit. 'U moet toch toegeven dat het te lang duurt.'

'Ik ben u maar twee keer in de pastorie komen lastigvallen,' probeerde ze eronderuit te komen. 'Eigenlijk niet eens twee keer: één keer. De tweede keer was u er niet... Goeienacht, en neem me niet kwalijk.'

Ik besloot het roer om te gooien.

'Dit zijn allemaal plichtplegingen en beleefdheden en meer van die onzin. Dat doe je misschien als je achttien bent en dan schijnt het nog leuk te zijn ook, maar voor ons is het anders,' zei ik. 'Ik ben gekomen om mijn brief op te halen. Míjn brief, Zelinda, begrijpt u wat ik zeg?'

Ik wilde dat ze meteen doorhad dat ik niet van plan was weg te gaan. Ik zou gewoon een uur, desnoods twee uur blijven staan wachten. Als het moest zou ik de hele dag wachten. En als het moest nog langer: begreep ze dat? Dus haalde ik mijn zakdoek voor de zon tevoorschijn, drapeerde hem op mijn dooie gemakje op mijn hoofd en ging pontificaal op het stoepje voor haar huis zitten, waar overdag het kookstel staat. 'Ik weet dat ik me nu als een boerenkinkel gedraag en dat bevalt me nog minder dan u. Maar het zit zo. Die brief was al van mij, zo denk ik erover, evengoed als mijn boeken en mijn tafel van mij zijn. Zelfs een advocaat uit de stad of een rechter zouden me het grootste gelijk van de wereld geven. Daar kunt u gif op innemen. Als ik die dag niet naar u toe was gekomen, had ik hem stante pede gelezen en zou alles nu al lang en breed geregeld zijn en hoefden we hier niet met zijn tweeën op het stoepje voor uw huis te bivakkeren. Het begint trouwens nog fris te worden ook.'

Ze stond naar me te kijken, haar hoofd almaar licht gebogen, op nog geen twee passen afstand. Ze hield haar schort met dat kleine beetje meel nog steeds omhoog en we waren ontegenzeggelijk een mooi span.

'U heeft gelijk,' besloot ze ten slotte, maar keek wel meteen weer naar de grond. 'U heeft gelijk, ik weet 't. Maar ik denk dat ik ook gelijk heb... Goed dan: ik denk drie, vier dagen lang maar aan één ding, dan ga ik naar het dal om zout, papier en inkt te kopen en dan stuur ik u de brief, met alles erin. Dat is ook weer dat. Maar daarna ga ik naar het kanaal, denk er nog eens diep over na en zie in dat die brief me helemaal niet kan helpen, dus loop ik terug naar de pastorie en neem de brief weer mee. Het eerste wat ik doe, is hem in het water gooien.'

'Goh, het kanaal lijkt geschapen om je over van alles en nog wat aan het denken te zetten. En dat werk van u nog meer. Dat is zo. Maar wát heeft u gedacht? Het is nacht, Zelinda, en behalve wij is er niemand. We staan allebei al met één been in het graf en dan kun je bepaalde dingen wel zeggen, dunkt me.'

Ze aarzelde twee seconden.

'Wat ik bij het kanaal heb gedacht? Als ik dat zeg, wordt u boos, dat weet ik zeker.'

Ik haalde nauwelijks zichtbaar mijn schouders op.

'Dat gelooft u zelf niet, Zelinda.'

'Ik stond te denken,' zei ze, 'dat u bepaalde dingen niet kunt begrijpen. U niet en anderen ook niet. Alleen worden die anderen nooit boos.'

'Dat is mogelijk. Wie zal zeggen dat het niet waar is?' probeerde ik het opnieuw luchtig te houden. Op haar manier was de oude dame onverslaanbaar: ze was onverschillig, koppig en zachtmoedig en nog duizenden andere dingen waar ik geen naam voor heb. Er viel weinig met haar te beginnen: logica, theologie, de hele rataplan, het was boter aan de galg. 'Sommige dingen kun je begrijpen en andere niet, nooit en te nimmer. Neem bijvoorbeeld een arts: jarenlang heeft hij van alles gestudeerd, tot Latijn aan toe, en toch komt er een dag dat ook hij niets anders kan doen dan op een stoel zitten kijken hoe een zieke heengaat. En toch,' besloot ik, redelijk ingenomen met mijn vergelijking van likmevestje, 'is het goed om naar de dokter te gaan. Iedereen gaat naar de dokter.'

'Ik niet,' zei ze vriendelijk. 'Ik ben er nog nooit geweest. Zelfs toen de muilezel van de kolenbrander me een trap tegen mijn rug had gegeven ben ik niet naar de dokter gegaan. Ik heb er brandnetels op gelegd.'

Dat was vanzelfsprekend geen argument, maar hier moest ik het mee doen en je kunt niet alles hebben.

'Niettemin,' kaatste ik terug, 'heeft u die brief wel geschreven. En u bent die avond ook naar mij toegekomen. Naar de dokter... U kunt zeggen wat u wilt, Zelinda, maar het is een teken dat u in dit geval niet het juiste kruid heeft gevonden. Enfin, ik wil alleen maar zeggen: met z'n tweeën kun je beter zoeken, dat is alles.'

Nu had ik in de roos geschoten, dat was duidelijk, want de vrouw zei geen woord. En voor een type als zij was louter stilzwijgen al net iets meer dan ik kon verwachten.

Het bergweggetje, de heggen en hellingen rondom, de berggeulen en de weiden: alles was nu stil; de vogels en kikkers en alle andere schepselen sliepen al. Ik vreesde even dat onze woorden tot beneden in het dal konden dragen, waar de grote dorpen zijn met elektrisch licht en wat al niet, en waar de mensen nooit naar bed gaan voor het nacht is. En toen dacht ik, zomaar, dat dat gepraat over brandnetels en wij tweeën die ze zouden gaan zoeken zoals je paddenstoelen zoekt warempel een beetje lachwekkend was, en ik dacht aan al die prachtige argumenten die ik dertig jaar geleden wél had kunnen bedenken, zeker toen ik elke avond las en over van alles en nog wat discussieerde en bovendien nog een heel leven voor me had.

En daarna dacht ik aan hoe zij moest zijn geweest rond die leeftijd, als ze 's avonds thuiskwam van een dansfeest, met alle jongens die haar serenades brachten achter de vijgenboom in de moestuin. Misschien gluurde ze dan wel door het raam en dacht wat niet al, maar in geen geval dat ze op een avond hier op het stoepje voor haar huis met een ouwe zwartrok zou staan praten. Nee, het leven had deze twee brave borsten bepaald niet rijk bedeeld. Maar ieder krijgt wat hem toekomt, amen.

'Dus, misschien is het wel zo dat ik u niet zal begrijpen,' hield ik vol, want het ijzer was heet. 'Maar Olivieri zei dat ook, en soms ging hij nog verder. Op een keer trok hij zijn riem uit zijn broek en legde hem op tafel, pal onder mijn neus, zodat de boodschap duidelijk was. Ik bedoel, zo'n type was die vriend. Maar daarna begrepen we elkaar wel. Uiteindelijk begrepen we elkaar, bedoel ik maar. Zelfde verhaal met de weduwnaar Sante, toen ze me kwamen vertellen dat die iets te veel belangstelling voor zijn dochter begon te krijgen; en hetzelfde met zo veel mannen en vrouwen dat ik de tel kwijt ben.'

'Maar voor mij is het anders,' zei ze alsof ze het tegen zichzelf had. 'Voor mij is het heel anders. Het lijkt er zelfs niet op.'

'We zijn allemaal anders, dat is 't 'm,' kaatste ik blakend van zelfvertrouwen terug. En daar liet ik het bij. Mijn oudje begon warempel te ontdooien. Goed teken. Het beste wat ik nu kon doen, was wachten en zwijgen en naar mijn schoenen kijken.

'Elke ochtend om vijf uur op en naar beneden naar het dal om het wasgoed op te halen,' begon zij na een poosje, 'en tussen de middag even stoppen om in het gras bij een greppel wat brood met olie te eten, en dan de berg op om mijn kruiwagen te halen en dan naar het kanaal om te wassen. Tot zes, zeven uur 'avonds en 's maandags tot negen uur. En dan alles weer in de kruiwagen en terug naar huis, net op tijd om weer brood met olie en wat sla te eten en dan naar bed.'

Ze ademde moeilijk. Het was duidelijk dat ze nu heel veel medelijden met zichzelf had.

'En de volgende dag hetzelfde liedje, en de dag daarna ook, tot in lengte van dagen. Want dat weet ik, dat weet ik maar al te goed: tot in lengte van dagen. Daar kunt u zelfs niets tegenin brengen.'

Ze stopte even om weer op adem te komen, want haar hele leven had ze nog nooit zo veel gezegd, daar kon je gif op innemen; en ik keek en keek en zei geen woord.

'Ik heb een geit die ik altijd met me meeneem en mijn leven is net dat van haar, precies hetzelfde. Ze loopt naar beneden naar het dal, gaat tussen de middag weer terug naar boven, staat naast mij bij de greppel, daarna neem ik haar mee naar het kanaal en als ik ga slapen, gaat zij ook slapen. En in het eten zit ook niet veel verschil, want zij eet gras en ik sla, het enige verschil is het brood. En nog even en dan kan ik dat ook niet meer eten... Net als ik... net als ik... Ja, dat is het: ik leef net als een geit. Behalve dat zij... hoe lang leeft een geit?'

'Een geit? Hoe lang een geit leeft?' zei ik, van mijn stuk gebracht. 'Niet langer dan twintig jaar, denk ik.'

'Precies. Twintig jaar en niet meer. Dus voor haar houdt het eerder op, veel en veel eerder zelfs. Ik word drieënzestig deze winter.'

Het waren bittere woorden en ik meende dat ik hoe dan ook iets terug moest zeggen. Ik stond op en ging wat dichter bij haar staan, want ik kon daar natuurlijk niet op dat stoepje voor haar huis blijven staan babbelen als iemand die even een luchtje schept en misschien ook nog een pijpje smoort.

'Was dat het, Zelinda, wat u in uw brief had gezet?'

'Nee,' zei ze, en dat verbaasde me nogal. 'Nee, dit weet iedereen. Iedereen die voorbij komt ziet het, dus dat hoef ik niet te vertellen.'

Nu stelde ik haar nog teleur ook. Juist.

'Was dat niet wat erin stond? Wat was 't dan? Nu u me een vinger heeft gegeven, Zelinda, moet u me de hele hand geven. Ik ben hier om u de hand te reiken.'

'Nee, nee,' zei ze ietwat aarzelend. 'U kunt het niet begrijpen. Voor mij is alles anders. Ik zat bij de Dienstmaagden van Maria, ik ben helemaal op bedevaart naar Loreto geweest, en de hele weg te voet: ik heb gedaan wat God zegt en niemand kan er iets op aanmerken. Ik heb nooit iets ergs gedaan.'

'Natuurlijk niet,' probeerde ik ertussen te komen, zonder haar in de rede te willen vallen, 'dat is zo klaar als een klontje, Zelinda.'

'En ik dacht dat God me nu ook weleens een plezier zou kunnen doen, want ik heb hem nooit iets gevraagd. Ik heb hem nooit noemenswaardig lastiggevallen in bijna drieënzestig jaar. En ik ben nooit kwaad op hem geweest, geen enkele keer. Ook niet toen ik door die trap van de muilezel op een hoop stenen belandde en toen kwajongens voor de grap de helft van mijn wasgoed verstopten en ik het diezelfde dag nog moest vergoeden. Maar op dat moment wist ik niet dat het een grap was. Ik bedoel maar, hij mag me best eens een plezier doen.'

En weer stopte ze, want ze was nu echt ontdaan. En ik bleef naar haar kijken en zei geen woord.

'Daarom ben ik die avond naar u toegekomen om u te vragen of er door u, door de Kerk, ook wel eens niet op de regels wordt gelet. Dat verhaal over het huwelijk was maar een smoesje. Daar heb ik me de hele nacht over geschaamd.'

'Dat wist ik meteen al, nog geen drie minuten later.'

'Maar u werd wel een beetje boos.'

'Drie minuten later zei ik, Zelinda. Dat ik het niet meteen, stante pede, begreep komt omdat ik zo langzamerhand ook een ouwe bok ben. Maar nogmaals, ik heb het begrepen zeg ik, en daarom heb ik u ook teruggeroepen.'

'Ja, op het kerkpleintje, dat weet ik. Maar dat was ook zo duidelijk als wat. Dat was meteen te begrijpen. Maar wat er in de brief stond, kunnen jullie van de Kerk niet begrijpen – jullie niet, maar anderen ook niet – daar kunt u me met geen tien paarden vanaf brengen.'

'Zeg dat niet, Zelinda,' zei ik nu op een andere toon. Mijn rug en mijn hoofd begonnen steenkoud te worden en mijn neus prikte alsof iemand me de haren uit m'n hoofd trok. 'Op elke vraag is een antwoord, geloof me: alles staat of valt met hoe je zoekt. En het enige wat u nu hoeft te doen, is uw vraag stellen.'

'Ja, maar u gaat vast nee zeggen,' zei ze veel minder kordaat. Het begon tot me door te dringen dat ze me wel degelijk alles wilde vertellen en zelf niet geloofde wat ze zei. Ze leek echt een beetje op een verwend kind. 'Dat voel ik nu al.'

Maar ik zweeg, ik bleef zwijgen en begreep dat ze me alles zou gaan vertellen.

'Wilt u echt weten wat er in de brief stond?' vroeg ze.

Ik knikte alleen.

'Goed,' besloot ze. 'Dan zal ik het u vertellen. Maar u moet zich omdraaien en mag me niet meer aankijken.'

Ook dat deed ik. Echt waar, ik draaide me naar de muur toe, zoals wanneer iemand zich uitkleedt. En het kwam geen seconde in me op dat als iemand ons zou zien, hij wel eens vreselijk om ons zou kunnen lachen.

Hoe dan ook, dat was zijn zaak.

XIII

———•———

'In de brief stond dat ik God op geen enkele manier wilde beledigen en me ook helemaal niet over hem wilde beklagen. Dat is nooit van mijn leven bij me opgekomen, dat spreekt voor zich en dat hoef ik niet eens te zeggen. Er stond ook in dat ik heel goed snap wat jullie, pastoors, zeggen, want o wee als het niet zo was, wie weet wat er dan van de wereld zou worden. Dat begrijp ik best. Maar omdat mijn geval bijzonder was... Nee, nee. Niet uw hoofd omdraaien, u heeft het beloofd... Omdat mijn geval heel bijzonder was, heel anders dan alle andere, en ik weet dat het altijd zo zal blijven en dat het met elke dag die voorbijgaat alleen maar erger wordt (want dat weet ik, dat weet ik zeker, het is het enige wat ik heel zeker weet...). Niet uw hoofd omdraaien. Blijft u alstublieft de andere kant opkijken... Dus, zonder dat ik iemand voor 't hoofd wilde stoten, vroeg ik of... Ach, ik weet nu al wat u gaat zeggen.'

'Zonder iemand voor het hoofd te stoten...'

'Goed dan. In de brief stond of je in een bijzonder geval, totaal anders dan alle andere, zonder iemand voor het hoofd te stoten, of je dan toestemming kon krijgen om er iets eerder mee op te houden.'

Ik draaide me om, ik had het niet goed begrepen.

'Dus om zelfmoord te plegen... ja,' legde ze uit, argeloos als een klein meisje.

En ze staarde naar haar klompen.

Ik was zo overrompeld dat ik eerst geen woord wist uit te brengen. Er schoot me niets te binnen. Helemaal niets. Maar nee, dat was ook niet waar: er borrelden woorden op, en nog eens woorden en aanbevelingen en raadgevingen en 'alstublieft' en 'wat zegt u nou' en preken en hele boekdelen en ga zo maar door. Maar allemaal dingen van anderen: dingen van eeuwen her en bovendien al honderdduizend keer gezegd. Nog geen half woord van mezelf, en wat hier nodig was, was iets nieuws, iets van mezelf. De rest deed er niet toe.

'Ziet u wel,' zei ze na een poosje. 'Ik wist dat u zo zou doen.'

En het ergste was dat ze al een minuut, als het niet langer was, op iets stond te wachten. Ze stond daar en bleef hoop houden.

'Ik wist dat u zo zou doen,' zei ze opnieuw, met een iets andere stem. 'Ik heb het altijd geweten. Vanaf het eerste moment heb ik het gezegd.'

'Zelinda...' begon ik, maar zo onbeholpen dat ik me voor mezelf en voor alle woorden van de wereld schaamde.

'Waarom wilde u het dan weten?' zei ze op licht verwijtende toon. 'U wilde het per se weten, en nu, zie je wel, nu doet u zo.'

Ze draaide zich om en verdween naar binnen. En ik stond daar te staan, op de weg voor dat belachelijke deurtje.

Een deur, zal ik u vertellen, die nog niet eens tot hier kwam, zo klein dat ze zelfs moest bukken om naar binnen te gaan. Nu weten u en ik maar al te goed wat een kamer is hier bij ons, in de bergen: twee meter aarde en steen, een zak met maïsbladeren en een teiltje en een kooktoestel en ergens aan de kant de geit. Alles wat er nog meer in staat, is meegenomen. Ik heb er honderden gezien, jaar in jaar uit, en in elk ervan zou ik zelfs in het donker kaarsen en lucifers kunnen vinden zonder op de kat te trappen die ergens ligt te slapen. En er was geen enkele reden waarom die van de oude vrouw anders zou zijn dan de rest. Goed. In sommige dingen ben ik, denk ik, niet dommer dan anderen, en ik weet dat twee meter altijd twee meter is, vanwaar je het ook bekijkt, en zelfs het Heilig Officie kan daar niets aan veranderen.

Maar toen ik haar rug in het donker zag verdwijnen en de deur voor mijn neus dichtging, had ik het gevoel dat dat hol van haar doorliep tot aan de bergen en nog verder. En die deur was natuurlijk een lachertje, er zat niet eens een slot of schuif op, maar op dat moment zou ik gezworen hebben dat het drie keer makkelijker was om de deur van het bisschoppelijk paleis in de stad in te trappen.

Soms heb je van die gedachten.

Ik keek wat om me heen. Het dode jaargetijde was op komst, de dorre takken, de van de kou gestorven mussen, de avond die om zes uur invalt, de bevroren sloten, de oude mensen die achter elkaar doodgaan en Melide naait ze in het laken en ik breng ze naar het kerkhof op de berg, en de kinderen die het hele seizoen in de stallen zitten en zich warmen aan de adem van de muilezels... Een winter van vijf, zes maanden. En wat zou zij, de oude vrouw, doen?

Ik voelde de naderende winter in mijn botten. Ik keek een moment naar de wolken, die nu nog groter waren dan een weiland, en toen ging ik op weg naar de pastorie. De wolken kwamen me achterna. Steeds maar achterna, alsof ze iets wisten. Soms heb je van die gedachten.

Maar zeg nou zelf, wat kon ik anders?

XIV

In december zijn bij ons de paden hard van de kou, en het geluid van een voetstap is bijna beneden in het dal te horen.

Met mijn hoofd tegen het raam dat uitkijkt op de bergen wachtte ik al een uur op hem, als het niet langer was. De lucht begon nu de kleur van vuile sneeuw aan te nemen en de huizen rondom waren grauwer en kouder dan de rots. Er was niemand op straat. Een kind met lappen om zijn nek drukte zijn neus plat tegen de ruit van een huis.

Een kiezel sloeg tegen het raam. Toen pas verroerde ik me.

'De zes oude vrouwen uit Bobbio,' waarschuwde de jongen me hijgend van beneden. 'Ik ben vanaf het veen met ze meegelopen. Binnen een halfuur zijn ze hier.'

Het klopte. Toen ik naar het veen keek, leek het inderdaad of er halverwege het berijpte pad iets zwarts te zien was.

De jongen kwam naar boven. Niet dat hij een wonderkind was of poëzie voordroeg of zoiets, maar op zijn manier moest hij wel het een en ander doorhebben, want toen hij binnenkwam, keek hij naar me met een blik waarmee je naar een ongeneeslijk zieke kijkt. En bovendien kwam hij op zijn tenen dichterbij.

We zeiden geen woord. De ruiten hadden ook de kleur van vuile sneeuw. Het kind met de lappen om zijn nek stond nog steeds op dezelfde plek. Uit een raam kwam een sliertje rook.

'Moet ik me gaan verkleden?' vroeg de jongen zachtjes.

'Nog niet,' zei ik. 'Het is nog vroeg.'

Hij was even stil.

'Melide heeft haar al gewassen en haar haar gekamd,' lichtte hij me wat aarzelend in. Ik keek door de straat omhoog naar het veen in de bergen. Midden in al dat wit en die kou kwam er iets zwarts dichterbij.

'Nu zal ze het laken wel dichtnaaien,' ging hij na een poosje verder.

'Het is nog vroeg,' zei ik zwakjes. 'En we moeten ook nog op de klaagvrouwen wachten. Zijn ze akkoord gegaan met driehonderdvijftig?'

'Driehonderdvijftig, ja. Plus iets te eten en vannacht hier slapen. Ze hebben zeven kilometer gelopen, zeggen ze.'

'Dat is juist.'

Het was nu schemerdonker in de kamer, en een paar stappen bij me vandaan was de jongen niet meer dan een nog donkerder vlek.

'Zal ik de lamp halen?' vroeg hij.

'Dat hoeft niet. Laat maar,' zei ik.

We stonden vier, vijf minuten te zwijgen. Toen kreeg ik met hem te doen. En bovendien wilde ik alleen zijn.

'Goed. Ik denk dat het nu tijd is,' zei ik vermoeid. 'Leg mijn koorhemd klaar, de wijwaterkwast en alle andere spullen. En ga je daarna maar verkleden.'

De jongen liep op zijn tenen weg. Maar bij de deur draaide hij zich om.

'De zes vrouwen uit Bobbio hebben me ook laten weten dat ze iets warms willen. De wegen zijn al bevroren, zeggen ze.'

Ik knikte beamend. Het was juist. Ook dit was juist. De jongen liep weg.

Drie maanden lang was ik elke avond naar het kanaal gegaan, en elke avond had ik haar daarbeneden aangetroffen met haar wasgoed. Haar geit scharrelde rond. Ik bleef staan, boven aan de rand, altijd als bij toeval en nooit meer dan een minuut, net lang genoeg dat ze het merkte of liet zien dat ze het merkte. En dan weer terug, naar de pastorie. Nooit één keer in drie maanden tijd dat ze het kleinste teken gaf of zelfs maar opkeek. Ze wás er nog, dat was alles, en ik zag van boven de rand dat ze er was, en de rest deed er niet toe. En allebei wisten we heel goed dat we elkaar nooit meer zouden spreken, dat we elkaar zelfs nooit meer zouden groeten als we elkaar tegenkwamen, maar dat deed er ook niet toe.

En nu was het voorbij. Er was iets gebeurd, één keer, en nu was alles voorbij.

Maar ik voelde niet eens verdriet, en ook geen spijt of weemoed of iets dergelijks. Ik voelde alleen een grote leegte in me, alsof me nu niets meer kon gebeuren. Niets tot aan het einde der tijden.

Ik ijsbeerde door de kamer waar ze me die eerste keer die onzin had verteld. Ik verlegde een boek, verlegde het nog een keer, en sloeg zomaar tegen een ruit. Ik zou me nu zelfs door een kind bij de hand laten nemen. Een malle oude vrouw, een malle pastoor, al met al een mal verhaal van niks.

Er kwam rumoer beneden uit de steeg. De zes oude vrouwen uit Bobbio kwamen er dus aan. De heggen waren allemaal bevroren. De zes vrouwen stonden te trappelen van de kou. Uit een ander huis steeg een rookpluimpje op.

De jongen kwam naar boven en klopte op de deur.

'Meneer pastoor,' waarschuwde hij zonder binnen te

komen. 'Ik ga snel de klok luiden. Melide is net klaar.'
'Ik kom eraan,' zei ik.
Het was koud. December is koud bij ons.

XV

En hier sta ik dan.

De oude vrouw is dood. Melide is dood. De jongen gaat met de geiten naar de bergweiden.

Maar één keer heb ik de kapelaan van Braino teruggezien. Hij rende naar beneden, ik kwam omhoog over het weidepad.

'Nog nieuws daarboven in Montelice?' riep hij lachend van beneden.

Ik spreidde mijn armen.

'N.N.'

Hij was te dik geworden om hem iets te vertellen. Hij rende weer door, nog steeds lachend. Hij was echt behoorlijk dik geworden.

Hierboven is er een bepaald uur. De berggeulen en

de bossen en de paden en de weiden krijgen de kleur van oud roest, en daarna worden ze paars, en dan donkerblauw. In het eerste donker staan de vrouwen gebogen op de stoep voor hun huis hun kookstellen aan te blazen, en de bronzen belletjes zijn tot beneden in het dorp duidelijk te horen. De geiten komen in de deuropening staan met ogen die op de onze lijken.

Dus denk ik steeds vaker dat het tijd is om mijn biezen te pakken en stilletjes naar huis te gaan. Ik denk dat ik het kaartje ook al heb.

Dit is allemaal nogal eentonig, hè?

Verantwoording

De geschiedenis van de novelle *Andermans huis* van Silvio d'Arzo – een van de pseudoniemen van Ezio Comparoni – is er een voor geduldige vorsers. Er bestaan vele versies van de oertekst, die zich als een kameleon aanpaste aan het medium waarin hij verscheen of de uitgeverij die hem publiceerde. De eerste versie dateert van augustus 1947 en de eerste publicatie vond plaats ná het overlijden van d'Arzo, op 30 januari 1952. In die tussentijd verschenen er fragmenten van de oertekst in verschillende tijdschriften. Het verhaal wisselde ook regelmatig van titel: *Casa d'altri* (Andermans huis), *Io e la vecchia Zelinda* (Ik en de oude Zelinda), *Io prete e la vecchia Zelinda* (Ik, priester, en de oude Zelinda), *La vecchia* (De oude vrouw).

In 1978 verscheen de eerste Nederlandse vertaling bij Meulenhoff van de hand van J.H. Klinkert-Pötters Vos. Deze vertaling is gebaseerd op een kortere editie van *Casa d'altri* (Vallecchi, 1960) dan die welke voor deze vertaling is gebruikt. Uitgeverij van Gennep heeft gemeend er goed aan te doen dit voor de Italiaanse literatuur belangrijke juweeltje – van een auteur die onder andere door de recent vertaalde Francesco Biamonti zeer werd bewonderd – in een moderne, meer getrouwe vertaling te publiceren. Een vertaling die bovendien is gebaseerd op een editie die na langdurig wetenschappelijk gekrakeel wordt gezien als de meest verantwoorde: de editie die is bezorgd door de d'Arzo-specialist van de universiteit van Bologna, Stefano Costanzi, voor uitgeverij Monte Università di Parma (MUP Editore), 2006. (Eerder verschenen in Silvio d'Arzo, Opere, bezorgd door Stefano Costanzi, Emanuela Orlandini en Alberto Sebastiani, MUP Editore 2003.)

De vertalers